JN084266

五行歌集

ヒマラヤ桜

神部 和子
Kanbe Kazuko

そらまめ文庫

目次

1　雪明かりの誘い

湧くように降る
雪
わたしを
侵すほどの
ことばが欲しい

深い沈黙の
冬の
夜半
この世のことに
答えはない、と

こけし人形の
頬の昏さは
山里に
降りつのる
雪の影

雪が止み
藍色に暮れる町
「おかえり」
雪かきをする人の
おだやかな声

降る雪の
ねいきのような
静けさ
いつしか
全力で迫ってくる

ふと
いけないことを
したくなる
雪明かりの
やさしい誘い

町内が
コトリともしない
雪の日
人も町も
老いてゆく

性格がわかる
ご近所さんの雪かき
へへっ
自分は
炬燵のなか

雪の山で
隣りの家が
見えなくなった
ふと
旅の宿かと思う

またねって言ったら
抱きついてきた
幼な子
冬は
人恋しいよね

雪の
ひとひらごとが
鱗
冬を
脱けだす光り

ときには
かな文字のような
雪がふる
薄日さす
冬の真昼に

冬をはじく
鰤カマの
湾曲
俎板のうえで
青光りする

射ぬくような
閃光
雷鳴の一撃
雪野原は
身じろぎもしない

2 森の深み

通れなかった
森の深みを
おもう
産休明けの
後輩の眩しさに

わが家は
「家」と
「族」だけと
夫が笑う
どっちが「族」かな

ひっそりと
土に
かえるだけ
この生を
全うしようと思う

二羽だけ
よりそって飛ぶ
白鳥
青空の
かなしみ

いつもと違う
からだの響きに
耳を澄ましている
山のしづもりを
聞くように

夜中
静脈の
音を聞く
自分の知らない
流れを思う

ゆらぐ小舟の
櫂を
漕ぎ続けてきた
めざしたものを
見失うほどに

ここではない
どこか
復活祭の
卵をわって
飛び出したくなる

はてしなく
透けてゆくような
空だ
手荷物の
重さがなければ

3　団塊の世代

団塊の世代と
いわれても
やはり、
ひとり
自分の道を

仕事人間を
もう
笑えない
定年延期の誘いに
心　躍っている

ながい
夢から覚めたように
家事に
精を出す
退職後の日々

胸をたたけば
溢れでる
さまざまなこと
手繰るように
川の流れを見ている

心のなかを
ゆき交うものがない
知らず
砦のなかに
棲みついてしまったのか

つきあい難い
心を
ひきつれて
齢とることを
覚えてゆく

展示された
自分の歌が
恥ずかしい
ひよわさが
透けて見えるのだ

いつも良い人、では
だめなのだ
創るとき
一瞬でも
狂わなくては

どの家の子だろう
夕風にのって
笛の音
「明日があるさ」と
くりかえし吹いている

目覚めれば
夜中という
闇
水流の
音がする

4　ブラックホールのさみしさ

降る雪が
話しかけるように
より添ってくる
父が逝った
師走の町

葬儀の後の
空虚感
へんてつのない
職場の日常が
救ってくれた

似たような身体つき
昼ひなか
老母との湯浴みは
ブラックホールの
さみしさ

母の老いに
自分の老いが
重なって
いっそう
寂しくなる

母がわたしか
私が母か
漠とした
不安さえ
同化しそうだ

こう、生きたと
言ってほしい
母よ
こんなふうに生きたかったとは
言わないでほしい

ときには
身のなかに
醒めた
他人が居つく
介護の日々

優しい人が
損をする
介護では、と
聞かされる
悲しいことだ

「死にたいのよ」と言う
お年寄りに
頬笑みを返す
余裕の
プロの技

なにくそ
なにくそ、と
母のもとに通う
大きく撓った枝が
雪を弾き落とす

納骨の朝
きりりと咲いた
濃紺の
朝顔を
遺影の母に

迎え火を焚いても
母は
戻らないだろう
逝くと決めたら
あの世に一目散

新しい
家族の物語が
はじまるのだ
手放した実家の跡地で
新築工事

5　ヒマラヤ桜

引き締まった
寒気のなか
真白く咲くという
ヒマラヤ桜に
憧れている

榛《はん》の木と
水芭蕉の
相性がいい
しずかに
引き立て合っている

一樹でも
森のような
欅
泣きたくなるほど
ちいさな私

枝の裂け目から
筋の束がみえる
白梅は
まっすぐに
春に向かっていたのだ

富士を覆う
北斎の
怒涛のよう
白木蓮が
咲き満ちる

黄金の花芯が
ようやく息を吐く
おもむろに
花ひらく
白牡丹の貫禄

点在する
ニッコウキスゲが
救い
亡羊とした
月山弥陀ケ原

冬のからたちは
さみしい
花木
四方八方に分枝した
棘の傷さよ

大鷲の
片翼のような
雲
羽毛のすきまを
夕陽が染める

木漏れ日もとどかない
深い静もりが
なつかしい
鎮魂の
社

6　カマキリの瞑想

会議室に
お茶を運んで
ふとふり返る
イソップの動物たちを
見たようで

ソファーの上で
カマキリが
瞑想している
今夜は
追い出す気がしない

満月のような
たまごを五つ
柚の葉陰において
悠々と去る
黒揚羽

狐が
人の貌して
ひょいっと
振りむいた
ゴルフ場に続く草原

魂が抜けたとは
こんなふうか
土色の
鬼ヤンマの
脱け殻

今夜
地獄に堕ちる
ほそい
冬蜘蛛をいっぴき
つぶしてしまった

深海をゆく
群れのようだ
夜空に
クォー　クォー
白鳥の声がひびく

鮭のアラの
唐揚げに
しゃぶりつく
荒ぶる神の
心地をおもう

手応えのある
獣の匂い
春風にそむくように
園内を
濃くする

7 親子が三人

噛めば
サクサクと
音のしそうな娘だった
婚、という
靄にいる

吐息の逃げ場所は
風のなか
揉みあい
まろびながら
遠くへゆくよ

「人生」という
言葉を使う
少年達の会話
吹きだしながら
胸がしんとなる

人はやはり人を求めるのか
親の背にいて
かたわらの私を
いっしんに追う
赤子の瞳

肉そば大盛りを注文
すっと食べて
さっと帰った
豪快な女《ひと》
惚れぼれする

「かしこ」と
結ばれた
やさしい
手紙
九十才の女人から

主婦であることの
リアル
指先についた
真っ黒な
薦茸のアク

相手に
心の内を
測られて
嫌悪の一瞬もある
傾聴ボランティア

歓声のあがる
バラ園で
陽炎になる
漠とした
憂いをつれて

シャボン玉で
遊ぶ
親子が三人
コスモス畑のなかに
見え隠れする

8　五才のお殿様

ちいさな駅舎のなかを
初夏の
風がとおる
木蔭に
入ったようだ

この駅の
賑わいの記憶
話してみたいが
おやめ、と
制止するように静かだ

ふりあげた
拳のような
夏の雲
人気のない町では
手持ち無沙汰だ

信号待ちの交差点
ふと
いわし雲のひとつと
目があって
帰る処を見失ったような

人より先に
カラスの声
携帯から
山の工事現場の
風を聴く

窓ガラスに衝突した
山鳥を
鍋にして食べちゃった
山の分校の
ウソのような話

澄みきった
秋の一日は
円錐の底
天を見上げて
飽きることがない

此処には
なにもないと君は云う
何もないゆゑ
美しい
月の満ち欠け

馬上でウトウト
五才のお殿様
とろりと進む
祭りの行列
陽ざしは秋のけはい

9　冬の月

うすむらさきの
花群れに
秋風がふく
おいてけぼりのように
はだ寒い

話し相手が
欲しい
澄みきった
冬の月は
あまりに遠く

忽然と
逝ってしまった
男友達
祭りのあとの
朝のよう

あなたを送る
尺八だけの
江刺追分
しみじみ聞く
今頃良さがわかったよ

道をそれ
坂を登って
山門に入る
洞をゆくように
閑かだ

白い袋から
ほろほろと
土に還ってゆくお骨
さよなら
真由美ちゃん

「人間、寿命ってものがある
仕方ねぇんだ」
誰かのつぶやきが
ストンと落ちた
葬儀の席

街路樹の
白い小花が
風に散る
あっけなく逝った
友よ

いまだ
スーパーの人込みに
逝った人を
目で
さがしている

10　肉太の文字

雪解けの
雷雨の激しさ
土が
生き物になって
おきあがる

ひと日
尾を曳く
明け方の夢
音もなく
なごり雪が降る

夜更けの
雨
潤ってゆくのは
土よりも
私かもしれない

一片の
花びらも
容易には
降りてゆけないだろう
魂をもつ川だ

ハンカチの木の
大ぶりな
花びら
くよくよすんなと
風にはためく

笑いヨガ
嘘でも
効果はあると云う
いじらしいなあ
心って

野菜が
美味しかった
信州の旅
からだが
澄んでゆくような

淡くひかる海
うす曇りの
五能線をゆく
砂浜から
手をふる子がいる

やわらかな
肉太の文字
君への手紙が
春の野山を
駆け抜けてゆく

跋　ひっそりとした雪野

草壁焰太

降る雪の
ねいきのような
静けさ
いつしか
全力で迫ってくる

ときには
かな文字のような
雪がふる
薄日さす
冬の真昼に

歌集はひっそりとした雪野から始まる。秋田の人は、雪の歌を書くが、その雪はみんなちがう。私は、神部さんという方の息遣い、人としてのふんいきを、雪の野原に感じた。

書かれた雪野に、神部さん自身が溶け込んでいるようにも思える。

雪の野原は、いつしらず神部さんの体となって、息している。

ああ、歌というものは、そういうものだな、と感動した。神部和子さんは控え目な方で、歌会でいっしょになることはあっても、ひっそりとそこにおられるだけで、とくにお話したこともない。

ただ、ひっそりとそこにいる、ふんいきだけは確実に感じさせる方である。

それでいいのだろうか。

人づきあいとしては、もっと話し合ってもいいかもしれないが、……。

歌集を読んで、それでよかったんだと思った。

歌集で伝わってくるのも、そのひっそりとした存在感で、それがなんともいえず、よいのである。

そのひっそりとした世界に、すっと引き込まれるように歌集を読む。こういう、うたびとっていいな、と思う。その静けさや、人を安心させるおだやかな日常性までが、彼女の体と同化しているように感じられる。

射ぬくような
閃光
雷鳴の一撃
雪野原は
身じろぎもしない

どんな激しさも、その世界に呑み込まれてしまい、何も変らず、ひっそりとそこにある。
神部さんの歌で、私が最も記憶している歌で、人の愛というものを歌った歌としてよく例にあげる歌がある。

二羽だけ
よりそって飛ぶ

白鳥
青空の
かなしみ

二羽で飛べば、うれしいはずだが、それはかなしみともいえる姿なのである。ふつうそれは幸せの頂点のように言われる。しかしそれがかなしみの一つとなって、いのちが切なくも美しく見えてくる。

あとがき

五行歌と出会って二十二年。子のない夫婦の静かな生活、とはゆかず結構起伏のあった年月でした。それでも歌から離れることはなかった、と言うより五行歌に支えられたと言うべきでしょう。

この小さな町で生まれ、学び、嫁いだ私。「井の中の蛙」同然の私ですが、世の中には様々な人生があると、目をひらかされました。

全国大会などで憧れの歌人の方々とお会いできた時のときめき。その歌人たちの紡ぎだす言葉の数々。美しく、滋味深く、日本語の素晴らしさを味わう喜びと充実感に満ちていました。

「二十年も歌を書いてきて、歌集のひとつも出せなくてどうする」と草壁先生に檄を飛ばされ、思いがけなく歌集へと走り出しました。優しく、的確なご指導を頂いた事務局の皆様には感謝で一杯です。五行歌に出会えて本当に良かった。この出会いがなかったら、私の人生は味気ないものになっていたことでしょう。

草壁焰太先生、秋田に五行歌の根を張って下さった方々、毎月の歌会で楽しくも充実した時間を共有できる歌友の皆さまに心から感謝の念を捧げます。

そして、この春急逝された、私の懐かしい友、故 柴田洋子さん。もう半年早ければこの本を見せてあげられたのに。残念です。

神部和子

神部 和子（かんべ かずこ）
1949 年　秋田県湯沢市に生まれる
1978 年　結婚
2000 年　五行歌の会入会
2010 年　職場を定年退職
現在、雪葩《ゆきはな》五行歌会会員

そらまめ文庫 か 2-1

五行歌集　ヒマラヤ桜

2022 年 10 月 25 日　初版第 1 刷発行

著　者　神部和子《かんべかずこ》
発行人　三好清明
発行所　株式会社 市井社
〒 162-0843
東京都新宿区市谷田町 3-19 川辺ビル 1F
電話　03-3267-7601
https://5gyohka.com/shiseisha/

印刷所　創栄図書印刷 株式会社
装　丁　しづく

ISBN978-4-88208-197-5　C0292